歌集

水の旗

北神照美

角川書店

水の旗＊目次

Ⅲ　令和四年

Ⅳ　令和五年、六年

装幀　小島真樹

歌集　水の旗

北神照美

Ⅰ

平成三十年から令和元年

星まつり

ベランダの手摺に並ぶ小さきものトンボとわかるまでの数秒

日盛りにわが前横切るくちなはが激しく鞭振る動き見せたり

蛇のページ開きて図鑑の置かれゐき小学四年のわれの机に

乗りたしともう思はざる観覧車　光を見てゐる夜の車輪の

いまわれは小さきナイフになつてをり穏やかなきみの手を洗ふ音

笹入荷しましたとある花屋にてみどりの笹買ひけふは帰らな

黄の菊の酢の物の黄の際立てば星まつりなり夕暮れ長し

深き湾曲

花時計の花は除かれ円のなか土はつかのま秋風を受く

陸揚げされヨットは陽を背に船腹の深き湾曲見せて並べり

ぱちぱちと水で叩きしわが顔は黒光りして鏡に現る

不揃ひの梨買ひ帰る　量り売りの塩買ふ時代の暮らしふと思《も》ふ

憲法に附則はなくて平和とは雲のやうなり　稲妻ひかる

水のかたち

中国の書籍しづけし　象の図の絵葉書買ふのみ内山書店

神保町古書店街を歩き来て東京堂は水を抱く森

雲間より細長き陽の帯ひかる　いもうとともう一年会はず

若さとは浮力であつたかも知れず天然水飲みスキップしたり

果物はまつたき形で朽ちてゆく曲線いとほし大き次郎柿

人の身は湛へる水のかたちだと気づきて見つむ小さき乳房

病名のつきし腸持つこのごろのわれはそれごと体重量る

読まれぬと思へど便箋開きたり　三行目から苦しくなりぬ

あの声があればわたしも歌ふのにブエナ・ビスタ・ソシアル・クラブの

母を見舞ひてそののち行きし余呉の湖《うみ》山ふところに鎮まりゐたり

マスカットの鉛紙

魚くはへ鵜が船のまへ横切りぬ船は音かへ減速したり

もう長く使はぬ小さな釘箱にとりどりの釘なほ青びかる

マスカットを包む薄紙の手ざはりよ　名を鉛紙《なまりがみ》と知れば冷えをり

きんせんくわ二百鉢ほど置きしまま作業する人消えたる公園

椿の葉一枚置いたやうな陽が日蝕メガネの向かうに現る

菊花蕪

人の手で陸《くが》となしたるわが街はいつか海へと還る日あらむ

ソーラーパネル山門の脇に並びゐて冬の故郷はがらんどうなり

たんねんに包丁入れて菊花蕪　手作りおせちも止め時がある

いただきしペーパーナイフは鳥のすがた赤き尾羽で封筒ひらく

わが生に余白ゆたかと思ひゐつ　その年月がみえなくなりぬ

サッカーボールの軌跡追ふとき尾が伸びてボールはしばしば兎となりぬ

噴水が二月の風に揺れてをり芽もまだ見えぬさくら公園

春泥のころ

「三月のひかりは違ふな」君の声　朝の大根おろしてをれば

八重梅の土に落ちたる小ささよ　ほの赤き幼の爪のやうなり

玄関に干し置きし傘ころがりてエレベーターの前に留まる

芝生の真中ひとの道あり春泥のころは木屑がふつくら撒かる

独裁者のやうな横顔少しふり嘴太鳥はぬかるみの横

駅がまた兵士であふるることあるや　縦列にゆくかとふと思ひたり

並木座に小津安二郎の映画見き巨大な「終」の字が消えるまで

顔ひからせわが冷蔵庫の酒えらぶ娘夫婦の港のやうに

紺色の男の足袋を買ふ時はきりりと堅きふくらはぎ見ゆ

透明な膜に覆はるるけふのわれその膜のなかに風吹きすさぶ

残りたる節分の豆入れしまま小さき枡ある白きキッチン

河津ざくらの枝に泊まりて花を見る花鶏《あとり》よあ、とり、　平成終はるよ

黒斑と水船

ふいに声失ひたりしは若葉の候　バギーに吾子乗せただ歩きゐき

だんご虫とわらぢ虫の違ひはと幼はわれに語りつつゆく

一本のバナナの皮の黒き斑《ふ》がわれに忍びくる気配に耐へる

帯状疱疹ぞわりと来たり起きだして闇に見えくる形を睨む

水船で飲み水売りし深川の「みいーづ、みーづ」の声に目を閉づ

堺の包丁

触れざればよかりしものを音もなく芍薬くづれうすべにの嵩

わがなづき月の夜からすに啄まれ魚でありしころをわすれる

麺麭《ぱん》の欠片求めて雀が近づき来　上から見れば小さき頭蓋

傘なくし透明な傘さしたれば雨に息あり雨に声あり

海の色残してひかる締め鯖に堺の包丁しづかに入れる

猫の舌みづを叩きて飲む技を見てゐつ舌は刃物にも見ゆ

もうひとり子を産むごとき勢ひにホルン購つたと娘の声は

一瞥はいつでも刺すといふひかり野良猫にあり若きにもあり

余呉川

「ひこにゃん」のカードに城の印を押し友を待つ間はすでに旅なり

どの家も梲《うだつ》を上げる古き道ムラサキシキブ色づきてをり

梲は、江戸・明治の町家で装飾と防火のため、二階正面の両側に張り出した袖壁

湊へと濠沿ひにゆけば藻の濃ゆし母校の艇庫は閉ぢられしまま

八本の御手に武器もち弁財天ふくよかにしてわれ唆す

余呉川の細き流れに幾十羽の白鷺が立つ　立つはうつくし

村で守る千手千足観音をまぢかに見たり千とふ手足を

賤ヶ岳合戦図には髪立てて秀吉のかほ描かる隅に

闇の中

秋の夜に左手痛し赤たまご三つ取り出し転がしてみる

絵の中の小鳥がわたしを振り向いておいでと言へりホキ美術館

日本列島は小さき鳥なり台風の外にあるのは尾羽とあたま

車両基地にて水没してゐる新幹線泳ぎを忘れた大魚のごとく

闇の中さらなる闇の落ちてゐてわたしはそこのみ避けて歩めり

家も田も水浸しの日に遊びゐし芥子粒ほどの子供の吾が見ゆ

柿が店に並べば柿は笑ひをり　歳経しをんなの食べ物だよと

副作用

癌治療のくすりであれど止めどなく涙ながるる副作用あると

水に浮くつもりになつて眼を閉ぢるそろそろ眠りが背のあたりから

学生服の釦捨てえぬ我だつた　子の反抗の核のいくつか

みどり色の酸素マスクをつけられてむすめは眠る　大き耳なり

『わけあって絶滅しました。』小一が読ませてくれる二冊あるよと

頭《なづき》のどこか銀のハサミで切られたりなんにも覚えてゐぬこと三つ

鬼無里《きなさ》の森の茸はほんに赤かりき　さう南壬子さんに逢へるものなら

庭先に廃棄のピアノ出されをり音なく雨の降りくる午後を

Ⅱ

令和二年、三年

インドの牛

2020年1月コロナ禍直前の旅

樹も神であれば根方に煉瓦積む牛に新芽を喰はれぬやうに

黒き痩牛、瘤ある白牛　人間を眺めてゐたり地に座りこみ

投げやりに牛糞を道辺に並べをり赤のきはだつサリーのをみな

コインなどとんと見かけず両替の一ルピー紙幣のなんと皺皺

膨れあがるおほきな麺麭《ぱん》を積むごとく小さきトラック行きかふアグラ

タージ・マハルのドームに我の名響きたり守衛の老人にルピー渡せば

ガンジスの水は鉄分あるだけとインド人ガイド力説したり

モディ首相の頭かかへる写真誌が平積みされてデリーの本屋に

春のレンズ

春の予感はどこか怖れを含み来ぬ小雨にけぶる木立とふらここ

濡れつつも走る姿のうつくしく傘差しかくれば魚のことば

無言の電話に眼《まなこ》閉づれば落ちてゆく無数の鳥が　あるいは人が

倶利伽羅峠の戦ひの日も月ありやコロナのやうな赤き月かも

海光る大き鱗が重なつてゐるやうな銀　人間を怒るか

三月の十一日の九年目　墨磨り陸《をか》から海へと還す

空にある春のレンズを磨くごと音たて回る駅の風車は

琵琶湖の虹

螺子ひとつ落ちてをりたりワインセラー修理終はりし扉の前に

鎌のごとき三日月富士の上に来ぬ　ベランダのわれが手伸ばす位置に

泣かずにきたずつと泣かずにきたことに気づけり青きガスの火見つつ

街中のマスク売り切れほうと見る空の半月ぼんやり遠し

雨は雪に変はりてゐたりへアカラーの色を選んで店出で来れば

椿の樹下いつも湿りてゐたる家　わが祖のをみならの息ならむ

朝の琵琶湖にふたつ架かりし大き虹ひかりであるに影のやうなりき

川べりの桜さくらは咲きそろひ塩混じるごとさびしげな白

ものの名を果てなく問ひてゐし吾子の少年時代はなんとみじかき

ふきのたう味噌汁に入れそのみどり冴ゆる一瞬ふるさと過る

異国の木棺

宅急便出迎へて見る空の底　ふやけたオレンジのやうな満月

焼きかへしといふ夕焼けはこの赤か地虫のやうな音が聞こえる

甕に泳ぐメダカはときをり胸鰭をおほきく回す　かそかなる楽《がく》

サンダルの音が聞こえて電話口に声くるまでの空間は見ゆ

レトルトの玉子粥ぬくめ色やさし常備食とは非常時の食

菜の花色のマスクやうやく買ひたれど気がひけるゆゑ犬にやらうぞ

テレビには異国の木棺映さるる濡れてをらぬか棺の内側

きのふもけふもコロナの死者は数へられ何度も数へなほさるる　死は

死にしのち埋めらるるのと焼かるるとわれはどちらを望むだらうか

すでにわれ遠くへやつてきたらしき細き風音いつも聞こえる

眉うつくしき

カレンダーの地蔵菩薩は眼を閉ぢて五月六月眉うつくしき

古関裕而作曲の校歌と知りてよりきみは羨むわが彦根東校《ひがしこう》

おほいなるマスクが人を攫ひたり鳥や虫らの春の街なり

コロナ禍で百日逢へずにゐし野良《のら》猫が六月のわれへまつすぐ来たり

ヴェネツィアの医師は仮面の長き鼻に薬草詰めて疫病見たりき

ゴンドラの黒きは死者を悼むため色とりどりもありにしヴェネツィア

ででむしならばかすかに電気を起こしつつ電車に乗らずゆるり生きるに

すももの実

上州の養蚕農家の続く道きみはゆらゆら貸自転車で

上州甘楽

われが先に自転車漕げばどこまでも畑の上の空は広がる

ふるさとに帰らなくともゆすらうめ井戸のかたへの母とありし実

このごろは鳩でゐますと言ひたげに紫の羽みせて石道

すももの実　なんといふことなき味のあはき酸つぱさ好きなりわれは

閻魔堂の赤きえんまも怖くなし江戸深川は子らの住む町

音よりも頬のまるさを思ひ出づ　ほほづき鳴らしてくれたる母の

公園の大花時計をのぼりゆき十二時の上でふふふと笑ふ

耳の内に蟬鳴きやまずその間《あひ》に聞こえてきたりあなたの寝息が

となり家の亀はコホロギ食べゐるや我が家へ一度逃亡せし亀

わが娘《こ》とその子連名の葉書を栞とし葛原妙子全歌集進まず

小湊鉄道

駅降りて崖崩れの道越えてゆく小湊鉄道の錆あるレールも

われの手を逃れはたたく黒揚羽　時空を超ゆるやうに雲梯へ

崖道を下ればゆたかに水流る　迫り出し滑《ぬめ》る岩に降りたり

岩盤の地層《チバニアン》がそれよと見上げゐつ川底の冷え足裏《あうら》に感じて

チバニアンは、千葉県市原市養老川沿いの七十七万年前の地層を基準として名付けられた地質年代

そはかつて地磁気の逆転した標《しるし》　揚羽がゆらゆら川の上《へ》を来る

木の気もち

二階のパティオをゆるり歩けば中空を水が流るるやうに暮れゆく

枝を手に叱られてをり男の子「木の気もちにはならなかつたの」

足で踏み消毒液を手に受ける鳥のゆばりとおもへばをかし

白き月消え入りさうに薄つぺらそのままわたしの鞄においで

カリフォルニアの松茸に付いてゐたカボス皮のみどりも料理に使ひぬ

きのふまで残りゐし黄葉散り果てて古武士のごとく幹立つ朝《あした》

みつかほど厨の壁に留まりし蜘蛛の子失せて年改まる

福沢諭吉がルサンチマンといふ言葉使ひ説きたり『文明論』に

わが明月記

しめ縄に稲穂があるか確かめに鳥きたるらし銀鼠の羽根

マスクして息することの苦しさをだれも言はなくなりて　雪降る

キセルにて煙草くゆらす姑《はは》の目の　風聴くごとき時間なりにき

初氷のたよりを聞けば凍りゐし庭の手水《てうづ》の感触が指に

ふるさとの小さき滝口ひたすらに祈りし女人　月より来しかに

夕空に巨大な火の瀧降《お》りてをり地上へわづかの境を残し

木星と土星をつれて月のぼるとわが明月記に書きたきものを

隠れ階段

死ぬ前の母が作りしピエロまろピンクの服着て子のゐし部屋に

掌に載れるロボットピノはまばたきし「もつと賢くなる」と言ひたり

右足の親指の爪のむらさきは湯舟の中でマヒマヒツブリに

薄切りに大根しやらしやら重ねつつ息子に来るなと言ひしを悔やむ

マンションの隠れ階段昇るとき屋根裏めきて桝形のまど

ひたひたと目の前をゆく白き足袋　陸橋の階段のぼり消えたり

大玉のキャベツと純米大吟醸《ぎんぢやう》〈山桜桃《ゆすら》〉入れ破裂すんぜん春の冷蔵庫

耳たぶ

耳朶がほんのり湿る雨の夜は手紙書きたし死ぬ前の母に

小さき羽根部屋にふたひら見つけたり家の暗がりに住む鳥しづか

抽斗は古き時間のたまる池　蛙の鳴く声　ゆれる梅花藻

月光の中にありたる生れし家　巻貝みたいなしづかな二階屋

来るなと子に言ひて送られきし券で田中一村の椿の絵に会ふ

誰も来ぬ一年過ぎて暮れ時は写真の菩薩の耳たぶ揺れる

マンションの通路で飛べぬ黄揚羽の耳をつまんで柚の葉に置く

象の耳もち平原でのほほんと人に聞こえぬ象の声聞かな

月蝕

味噌汁にホタテ稚貝が立ち上がるなつかし越後の磯の香りよ

捕らへたる魚叩きつけセキレイは頭《づ》より呑み込む　食とは、さなり

花曇るはるか南に民衆を撃つ国ありてわれの空耳

苺大福の断面みれば小宇宙　世のあけぼののごとき色合ひ

二人ゐる息子を等しく愛せざる定家の日々あり『明月記』読む

定家卿姉多くして怒りやすし馬上に京の月下を帰る

月の裏も今夜は赤きか　遠くまで月蝕を見に行きたる人よ

馬市に栄えし馬喰町暮れて劉備の馬が顔出すやうな

海抜五千ｍのケニアの山麓に育ちし紅茶　赤き月色

タワーマンションの空に近づくクレーンはけふの夕月釣りさうに輝る

もう一つの目

見知らぬ人のマスクの下にもしかしてもう一つの目といふことなきか

まだ息が切れてゐるのに髷揺らし切手貼るごと力士はマスクす

逢魔が時　鉄截るやうな音がする五輪のひと輪が截られてゐぬか

右膝にかすか痛みが走るとき母がかたはら過ぎし気がする

蜻蛉の翅やはらかく揺れてをり夕べの風に乗るまでしばし

東京2020オリンピック

伴走は水素自動車音もなし人ひた走る苦行にも似て

シチリアのレモン果汁の炭酸水　シチリア知らぬが瓶よきすがた

けふもまた雨降りやまず雛四羽ゐしツバメの巣の空つぽ見上ぐ

空芯菜

平成にポレポレ東中野にて「エロス+虐殺」ふたりで見たり

畝傍山ときみが言ふときやはらげり己が青春の原点なれば

店先に空芯菜を見るたびに茎の空洞に湖《うみ》あると思ふ

しづくして桃食ぶる女の口元は鮮明のまま映画の題忘る

いにしへの百鬼夜行の絵の中にコロナウイルスのごと毛のあるも

耳のある傘さしてゆく幼子の足だけ見えて妖怪めける

Zoomにてきのふのキリンと話したし　おまへの黒い舌がすきだと

鬼もまた一歩一歩と歩むもの河鍋暁斎百鬼おもしろ

回遊

今のわれより母若かりき　死ぬ前夜の日記のペン字は筆圧強く

糸雨の中を演説する人のマスクがずれて声とほくなる

マクドナルドのｍの丸さがやさしかり黄葉散り初むるビル街帰る

京はまだ鏡のやうに美しと今鏡には書かるれど　乱あり

釣り上げられ陸に落ちたる魚のごと目覚めしわれか　魚でよいのに

こもる日はベランダに咲くゼラニウム旅で求めし小さき壺に

晩年の父と見てゐし魚の群れ回遊してをり時をりわが胸

本箱の清張通史に日は伸びて鶏頭三本揺れるベランダ

新婚に住みし団地の名を忘れ夫はまだ待つわれの答を

フィヨルドを船で行きしとき水とそら一体となり宙《そら》ゆくふねに

Ⅲ

令和四年

兵馬と船団

ラ・フランスとろりと喉《のみど》すべりゆく除夜の鐘の音聞こえぬこの街

初雪は小さき羽持ち降りくるか　わが掌に来さうでふはり逃がるる

玄関に雪だるまあり帰りたる幼が戻つてきたかのやうに

まつすぐに私に飛んでくるボールつと鳥になり翻りたる

すずめ刺しといふ将棋の作戦を聞きゐつ頸が回らぬけふは

ひしめける兵馬と船団向きあひて源平合戦図は祭りのごとし

首の筋違へて頭が重すぎる土偶のをみなになりて雲見る

蹄鉄の欠けた長円の簡潔さ　むかし馬沓履きし馬たちよ

日のおもて編隊で飛ぶオスプレイわが街の空かきまぜてゆく

数字を追へばすうじに声ありわれは舟　会計監査の蒼海わたる

壁に穴

思春期の息子にわたしは何投げた避《よ》けられ壁に穴深かりき

反抗期覚えてゐぬか　訪ねきてコンゴ会議の切手くれたり

コンパスは円描くだけのものならず　ひよいと浮かせて思念をとばす

まひまひが銀色のすぢ引いてゐた近江の母屋の壁の厚さよ

山守《やまもり》や水守《みづもり》といふ語のありき　春来て父と家山《いへやま》のぼりぬ

なにと戦ふ

セーターの下にあなたが着るチョッキ少しほつれてわが編みしもの

ウクライナの地図に生身を斬られしごと赤き国土がロシアと接す
令和四年二月ロシアのウクライナ侵攻

公園の切り株ひとつ増えてをり空つぽの空見るか渦の眼

ふたりして異国をきままに旅したり　あなたは何かとたたかつてゐた

モスクワゆ帰便でみたるオーロラは緑に揺れつつ闇深めゐき

甘夏の分厚き皮を剝きながら少し傾げるきみの背しづか

むすこの声

辺境に砂の惑星あるといふ　砂漠ばかりの苦しい星が
ドゥニ・ヴィルヌーヴ監督映画「DUNE/デューン　砂の惑星」

浅黒く痩せて帰りし日のわが子砂漠をやうやう越え来たるかに

押し入れに籠りて転校嫌がれどむすこを遠き地へ連れゆきし

悄然としてゐるわれを弁揮ひ笑はせくれし少年おまへ

夕暮れは金属の香が染みわたる　一斉に鳥の影が去りゆく

迂回してシネマをめざす川べりに黄の色うすき月見草咲く

おかあさんはまちがつてゐたと言ふ声が映画の奥よりいくども聞こゆ

道端にムラサキシキブの実の黒し夕暮れの風頰を過ぎゆく

ごめんねとあの時言はず　雨雲が手届くまでに降りて来てをり

螺子巻けば目のなきピエロが漕ぎはじめオルゴール鳴る　もう一度巻く

ハーメルンの笛吹き演じる子を見つつ涙とまらぬ夢　また見たり

感染者数糸杉のごとく増える夕　電話口から低きこゑ漏る

「来週またアフリカにゆく」聞きながら棚のグラスが揺らいで見ゆる

地球儀をしづかに廻す赤道の通るところに指を当てつつ

夜の湾に輝く光ふたところ昼間はなにも見えない場所に

ほほづゑ

春鳥の声は満ちつつはづむやう飛ぶを許してさくら咲き満つ

眠れない夜が一日置きにありこころの素水《さみづ》にげる気がする

ほほづゑのわたしが映る食器棚白磁のポットもほほづゑをつく

赤信号を渡る少女のながき脚　ひかがみ清らなれば赦せり

冷え冷えと息吐くごとく咲くさくら坂道のぼり花の笠に入る

手のひらの赤味が取れず握つてはひらいてみたり　黄の蝶生れよ

ああ川　電車の席から伸びあがるふくらみ流るる春の濁水

柚子の木に今年はあまた芽が出たりこの街のビルにも芽の出る気配す

消えたスカーフ

春風になりたかつたかスカーフはわが首元から消えうせてをり

なくしたるもの数知れず蔵のにほひ　家鍵　ブローチ、よき耳、友ふたり

門の内の大き柿の樹伐りしのちわが生れし家衰へはじむ

この強き背なの痛みに手をあててくれるあなたのその顔を知らず

相撲草芝生の中に見つけたり　一人すまふに左手が勝つ

ＡＢＣ予想ははるかな霧の中きみは朝から生返事ばかり

ツタンカーメンの妻の墓より首飾り矢車菊は色を残して

青葉梟ききつつ姑の巻き爪を切りしことあり七回忌くる

国境

その壁のむかうにプーチン執務すとクレムリンを歩きし旅あり

国境といふ陸上の線持たずわれの祖国は水を湛へる

絵本読む『戦争が町にやってくる』やって来たのだ雪解けまへに

美しき響きの名前マリウポリ何百回も言はれ廃墟に

ずぼずぼとバルト海を渡れさうな巨大なブーツを見たりロシアで

本省に帰るあなたに従はず住みしはシャワーのぬるきアパート

ブルー濃き寝台車にて早朝のどこに着きしか霧深かりき

鳥語には固有名詞がないと言ふ　国の名が無き世界いかなる

三年前のキーウの町が映されて失はれたるものはゆたけく
自然数のなめらかさにて兵隊は死者も負傷者も算へられたり

観音

眼が痛く舌先腫れるゆふぐれは足らずや素水　足らずや君が

近江から連れてこられし観音はみづも樹もなき一室に佇つ

娘その少女と男《を》の子みな爪をソーダ色に塗り花火見にくる

海の辺の打ち上げ花火に狂ひしや　鱏、蟹死んでゐたよと翌朝

蟬太郎鳴き始めたりひとすぢに　あと鎮まれるけふのわが街

階段井戸

みとせ前インドの大地は寥寥と陸地が続き乾きてゐたり

階段井戸の十三階を降りゆけば冷気がゆれて水近づきぬ

西インドいくつも階段井戸はあり井戸の底ひは響きあふらむ

稲妻の飛ぶ夜は窓辺で想ふなり近江の井戸のやはらかき水

肩車してもらひしは姉のわれ父継ぐわれと決めてゐたころ

尾のながき風

かみなりが演習のやうに鳴り終はる　人は戦争をしてしまふのか

橋を落とすといふ苦しみよ戦場が自国であれば自国の橋を

熊蟬かにいにい蟬かわかる夏　悲哀の声として聞くことし

かきごほり食べつつ笑ふ四年生夏つかの間のわれの少年

夢で見たわたしのからだは魚形　夏のくぢらと泳いでゐたり

尾のながき風が海から吹ききたりキッチンの床に鱗を零す

うさぎ小屋の奥にすわりて目が動く茶色の兎の眼が空になる

ホルン吹く姉を見つめる弟はオペラグラスをまだ返さない

濃紺の鯉

パガニーニのヴァイオリンの音　足もとからのぼる震へに手を添へてみる

浮き上がる鎖骨にストール纏ひてもこの夏寒し　あなたが火だつた

鳥の声かん高ければ待たれゐるかも知れず　朝の夢に来たねと

明けがたの氷一片口に入れ舌に留めておけず　はつあき

青虫におほかたの葉を捧げたる柚子にぱらんぽろんと実二つ

マスクの中で前歯を開いてゐるわれと気づけばからすのごときさびしさ

バーナード・リーチの壺に鯉の絵図　濃紺四尾がそら泳ぐやう

野分激しき志賀直哉邸を訪ねきて書斎に低き声したやうな

透ける小鷺

うろこ雲つかのま朝の空領す　わすれてゐないといかに伝へむ

観覧車雨に烟りてにび色に浮きあがりゆく誰も乗せずに

歯ぐきの痛みこめかみに来て頭《づ》をおほふ　流星われに落ち来るもよし

映写機がかたかた回る祭りの夜　いちばん遠きわがキネマの色

いもうとの伝言持ちて来るトンボゐるかもしれず夕焼けに向く

かち割りの氷買ひきて娘《こ》の夫は透ける小鷺のやうに差し出す

瓶割山に登ればやうやく見える湖《うみ》　はるかなひかりを知りし日ありき

あとは自分の土で咲けよと書きくれし婚の日の父のまなこをおもふ

ダイサギの立つ

首の骨にはだいじな神経しまはれてけさの川辺にダイサギの立つ

貴腐ワイン購ひしは旅のブダペストＥＵなれどフォリント紙幣で

老いを敬ふこころに篤き国なりき　胡錦濤は退場させらる

胡麻実り父と胡麻粒落とした日　手間要る仕事を遊びのやうに

何階に停めたかわからなくなりて途方に暮れたりそごう駐車場

十三夜の月

からくれなゐに楓《ふう》のたぎりてはるか訪ひしボストン美術館はありたり

戦争はなくとも何か大切なものなくしをりわれらの時代

農地解放の苦渋語らぬ父だつた背中をぽんとたたきくれたり

父の顔とろけゐたる日　遺影にと焼き増ししたる白黒写真

兵馬俑の巨大な体軀の兵士立ち美術館は小さく見ゆる

八万体の兵馬俑つれ葬られし始皇帝にもありし苦しみ

電車入り来る一瞬上野で見たる月　秦の時代の月のやうなり

かたち良き榎の冬木よ　その根方かつてインコを吾子と埋めたり

Ⅳ

令和五年、六年

初場所

夜明けまへ西空いまだ紺帯びて点点つなげばオリオン柔し

国技館に入りくる力士を待ち受ける人だかりにゐて冬日撤かるる

紺深く貴景勝の名を染めしタオルを振りぬ　隣りは阿炎を

若きこころもつと阿修羅に似てゐたる阿炎を友へと譲れば負けたり

いくら食べても体重の減る日がありてこころに重さがあると知りたり

初場所の枡席で見し舞へる塩ひかり輝くおほつぶのしほ

われが先に信破りしかいもうとの　黒富士しづむ燃え立つそらに

雪帽子

長いながいトンネル抜ければ雪の界　失くした手紙が出できしやうに

魚野川の川原は雪におほはれてせめぎあふなり流るる水と

旅に来て帽子目深に被りゐる夫のよこがほ雪が縁取る

越後の地にかつて暮らしき　風の目で乱反射する流域見晴らす

雪深く積もれる道をおそるおそる歩めり裁かれに行くごとく

坂戸橋歩き渡れば欄干は雪の帽のせ顔あるやうな

ぼたん雪見上げる我に落ち来ては息を湿らす　透けゆくわれかも

残さるる生の時間を思ひみる一つ糸巻きほどの長さか

酒蔵に「越後で候」「魚沼で候」並ぶ　酒は土地なり

宿の廊下の『北越雪譜』のやはらかき筆書き見てゐつ窓の雪はげし

『北越雪譜』は鈴木牧之著

融雪の小さき十字の噴水はわれら過ぎると朝日に揺れる

右下がりの字

親牛は仔牛の頭に口寄せて白き牧向く　これはゆきだよ

あなたからはじめて貰ひし詩の一篇青いインクの右下がりの字

ひとを焼く煙ほおつと見てゐし日それまで土葬しか知らず来て

バケツ一杯ザリガニ採りきて子は描けり紙を食み出すザリガニ一尾

蛇口から水きゆうと鳴りあふれ出る　ふるさとの湖《うみ》温むころなり

大いなる大根買ひきて笑むきみは六百円とは気づかぬらしき

春の野が土鍋に来たかに豚柳川　牛蒡、豚、芹、泥鰌は要らず

近江の鹿

湖畔の白き美術館の水庭は湖面を伸ばしてきたやうな波

佐川美術館

くぐもるみづのにほひが届く　プラネタリウム終はりて雨夜の風受ける時

紫香楽《しがらき》の宮跡ちかくの山道で鹿に遇ひたり　母かもしれず

信楽焼の片口と盃、灰白の肌《はだへ》に静かな赤あるを購ふ

生れし家の瓦は重たげにくすみ大樹となりたる椿咲き満つ

ちちははを埋めし三昧《さんまい》は荒れてをり　平石の上《へ》に花を横たふ

山辺も里も淡きさくらが地に接し霧雨のなか流るるごとし

むかし父が打たれてゐたる不二滝はけふもかはらず大岩たたく

水の旗

百合根から芽が伸びキッチンに針の葉が　吾のことばと息子のことば

名をつける前に死にたる遠き子よ　けふの細月まぶたのかたち

いつよりかわが胸の空にひるがへる蒼き旗ありみづゆるるやうに

寡黙なりし父の郷土史よみかへす滝の記述に墨絵添へらる

伐られたる家守り柿は柿若葉ひからせ朝の夢で遠のく

育ちすぎたる金魚もう居ぬ水槽は雨のベランダ　空の一部に

出航を待つとき敗戦きたること父は自ら一度も言はず

大江健三郎追悼集

椋鳥の鳴かざる朝は首のあたりすこし冷たしミルク温める

点滅の青信号に走るときビルの間低く過《よ》ぎる旅客機

大江健三郎追悼集買ひ語り出すきみにまだ見ぬ表情のあり

折りたたむ傘のつばさはよれよれの銀ねずみ色雨にも陽にも

山折りと谷折り細かき紫陽花の折り紙けふのみやげと男の子は

救急車すぐ呼ぶのよと娘《こ》の声は電話口からたぎるわが頭《づ》へ
夫が熱中症に

こめかみのあたり小さき逃げ水が　きみの治癒きざすや朝の鏡に

風が来て揺蕩ふ曲線奏であふ　赤まんじゆしやげ白まんじゆしやげ

びんづるさま

しなの鉄道小諸駅には丈長き破竹が売られ剣先鋭し

断崖の上にましますす布引の観音目指すアケビの杖もち

懐古園の氷ののれんがふはり揺れぐらぐらの椅子でレモンとイチゴ

親友を送りし方の雲間より出できしものは上弦の月

びんづるさまの目を撫でたるに数日後朝の鏡に白目が真つ赤

手花火の焦げ跡残る空色のバケツで洗ふ夏のブラウス

Σ《シグマ》とか√《ルート》の付いた数式に金管の音を感じし日ありき

ぞんぶんに撫でさせくれしを終として公園の野良は姿を消しぬ

岩手へと帰りしひとの訃報聞くあの手のぬくとさ十年前なり

清水亞彦さん逝く

夥しき鳥が群れ去る夕まぐれ鳥はいつしか文字となり消ゆ

茄子紺

陽のあたる水飲み場にて水が描《か》く孤の美しくくちびる迷ふ

我が家には扇風機たちもう無きが街にはハンディファンがふはふは

茄子紺は日本の色と思《も》ふ日暮れ　母の茄子漬け湖国の色なり

舟形の木棺使ひし時代ありき　舟に名をつけ海に向けしか

まだ怒り燻ぶるわれに古代史の任那のことなど語り出す夫

能楽堂の庭に降り立ち開演を待つひと時の静けさに居る

「道成寺」の募りゆく舞ひ見てをれば蛇になるかに身の冷えまさる

人形と人と

あたらしき臙脂のリュックで歩きゆくもう城のなき岩槻の町を

御成道と標さるる道もはるかなる海進期には海でありにし

桐の産地の桐粉《きりこ》からつくる人形の顔にはどこか気品を感ず

人形はいつかは人になるべしと玉水人形の所作は人越ゆ
人形作家の岡本玉水

舌持ちし絡繰り人形　舌なくし硝子のまなこは語りやまざり

赤い椿白い椿の森あないしてくれたるに　晩夏友逝く

塔東京歌会の梶野さん

上り坂の明るい道より蜘蛛多き木の下闇を選んで帰る

椿象

カラヤンの音あふれだす休日の朝の４Ｋテレビつければ

ファックスの二枚目詰まりまたつまり夫が受ければなぜかさうなる

雪の峰はるかに見えてどこまでも芒の揺るる富山平野は

クマザサに霜の花咲く弥陀ヶ原この世のほかへ木道つづく

雪積もる立山の空に星満ちてミルキイウェイが夜空を分かつ

宇奈月温泉の宿に椿象《かめむし》十五匹生け捕りフロントに差し出せり

立山のみやげに買ひし熊鈴は旅の帰りの折々に鳴る

いわね歯科いいわねと読み風受ける　いいねをあげる習慣なきに

ふくろふが見えたらもうぢき死ぬのだとそんな死に方いいわねほんに

鳥の巣

あの強きこゑも抑へし声なりけむ　ゼレンスキーの国連演説

転戦は勝ち戦さかとおもひしが退却続きといふもありけむ

近江に生れ遠江《とほたふみ》を越え江戸湾を見つつ暮らすも水から離れず

落丁はなけれど天地さかさまの歳時記購ひしはさねさし相模

母直伝の砥石を捨てしはいつのこと出刃包丁は鈍《なまくら》になる

葉の落ちて鳥の巣一つ顕なり小鳥せはしく鳴く巣のまはり

問ひふたつ解けないままだ　植ゑかへたオリーブの葉がつぎつぎ黄色

冬の潮

きみは一度われを誘ひしことのあり冬来て声のぬくもり思ふ

濡らすのはわれの内側歳晩のショールの肩に日照雨《そばへ》がかかる

重心がずれるわたしは車道へとまた犬連れの犬の方へと

カラスの羽根に外交文書を記ししと　高句麗からの文字とはいかなる

川風が禾を倒してゐる道をひたすら歩く遠き病院

犬歯抜く医師のちひさきこゑ聞こえ罪あるごとき真白き時間

冬の潮《うしほ》音立てのぼる花見川　終盤といふ豊穣のあり

冬は富士　磨き上げたる白輝《て》りて一瞬と永遠の呼び合ふごとし

椿を添へる

榊のみのとむらひなれば柩の叔母に赤き椿を一枝そへる

むらさきを帯びたる骨のまじりゐて真つ白なるをわれは拾へり

ひとつぶの涙とどまる感触は流るるよりも痛み残せり

歩くほど君の雪靴壊れゆく瀧向かひまでゆかねばならぬ

ぶつ切りの鯉の甘煮は会津武士の保養所なりし名ごりの品ぞ

雪はげし白き世界に稲光りわれの鏃がわれに向き来る

大魚《おほうを》の鱗がうねりて立つごとし地震《なゐ》きしのちの屋根の瓦は

珠洲といふうつくしき名のニュースには潰れしままの家に新雪

雪降れる朝の水路に藪つばきひとつ落ちにき　われは残さる

十年後若かつたねえと雪の日に張りつめてゐしわれ思ふらむ

津軽びいどろ

すこし咳でるだけなるに感冒薬一錠をのみて寂しさ減らす

天眼鏡持ち来てピリオド確かめる伊豆島の人の長きアドレス

鬼の面きみにかぶせて豆投げる憎さをすこし混ぜてはたのし

父のこゑ雷にまぎれて来ぬものか　しゅわしゅわ泡立つ生酒《なまさけ》〈天美《てんび》〉

津軽の海の煌めき含めるびいどろに唇《くち》を当つれば荒海が見ゆ

ふるふるとコーヒーゼリーを掬ひつつシンクにもたれ耳澄ましをり

ああ何をしてきたのかと思ふ日も夕餉に独活《うど》の酢味噌和へ　ささ

ミモザの鬱

ゆつたりとそこに座つてゐたものを艶あるこゑは断たれ　はる来る

ぬーぬーとまろび鳴く声　平原にヌーが集まる恋の日のため

店先に売られるミモザに鬱ありてわが鬱を吸ひ少しふくらむ

赤子のあたまがごろごろ入つてゐるやうな箱入り文旦　抱くやう取りだす

帝釈天の庭の真鯉があぎとへり天井画の龍見てきしわれに

運動靴にアンクレットの足首を見せる若者　春の雪の日

いま時間が傾いたなら運命を受け入れるよと坂本龍一

言葉ふと口の暗みに留まりて感情は咽へゆつくりもどる

木の香とオッペンハイマー

枯れゐたる山椒の木に芽がともり気づかぬうちに小《ち》さき葉薫る

庭隅のラッパ水仙花ゆらす　未来にはときをり陥穽あると

原爆の父と言はれて苦悩するオッペンハイマー演じる男の眼《をめ》
キリアン・マーフィー

シルクハット目深に被り宙《そら》を焼く原爆実験、成りて　奈落へ

「麦の穂をゆらす風」ではマーフィーは義勇兵になる役なりき
北アイルランド紛争を題材にした映画

舟越桂逝きたりこの春　楠の木の彫像おもへばくすの香の立つ

*

からまつの電柱芽吹くや賢治の絵〈月夜のでんしんばしら〉に七時雨《ななしぐれ》

三陸鉄道リアス線

誰もゐぬ真昼間防潮堤はありリアス海岸に二つ三つと

三陸鉄道《さんてつ》の窓からほそく線にのみ海が見えたり堤防の上《へ》に

北山崎の岬たどりて風に傾ぐ　鳥にも魚にもなれざりこの身

空にある鈍色の如雨露は巨大なり浄土ヶ浜に雨撃ちつける

忘れし傘は釜石駅に届きをり君とのいさかひ知るぐしよ濡れが

釜石湾の一軒津波を逃れたる宿あり　女将が駅に迎へに

みちのくの太平洋を眺めつつみちのくの湯はただ透きとほる

津波とは不思議な動きをするものよ　宿の前のみ松並木遺り

万年筆

駅の自販機開かれてゐてのぞき込む　ロボットの腹部のやうな興味に

いちにんを残念がらせて暮れる日よ根元から切る菊菜がにほふ

喪服着ることなきままに人の死がつぎつぎありて泥降るごとし

焙じ茶に〈黒糖生姜〉を入れ飲めり　ははより姑に似てくるわれか

シンクから流れ落ち行く水の音うみまで行くと告げて鎮まる

ひよどりはわが鳴き真似に応へ啼く首をかしげて頭《づ》の羽を立て

万年筆が雨に負けましたとLINE来るわれが出したる遠野のはがき

早池峰の雪はかがやき伝承園に馬とむすめの婚の譚きき

針葉樹林

眼を針で突くほどの愛ないとしても針葉樹林をともにゆくきもち

白きブーツにタイトなロングスカートで朝の針葉樹林を歩かむ

あとがき

短歌に出会い無二のものとなる前に、私には三つの時代があったような気がする。なつかしい近江、滋賀県の近江八幡市で、庄屋だった家の長女に生まれ、家を継ぐことは自分の使命だと思っていたころ。だが信じがたいことに、卒業するかしないかで結婚して家を出た。好きな化学の研究の仕事ができたのも二年ほど、その後は子育てしつつ引っ越しを十数回繰り返した。楽しんでもいたが、過ぎて見れば空白でもある時代。漸く夫の仕事が東京中心となって千葉に住むようになり、千葉の海浜幕張の生活が一番長くなった。

子供が成長してぼつぼつ薬剤師の仕事をはじめた。資格で仕事ができる良さはあるが、続けて来なかった後悔は募った。薬剤師会に入って、調剤の外、広報活動や救急診療所の仕事、学校薬剤師にも携わり、仕事の面白さを知ったのが三つめの時代であった。その間にゆっくりと短歌が私の暮らしに入ってきた。

ひとつ前の歌集は『ひかる水』である。そのころは、私にとって水は輝いていた。

そして今、私の水はひかりを失っている。六階の住まいから広く見えていた東京湾は、海岸の樹々が成長してもう見えない。車なら三分で行けた光輝く海岸へは、もう行くこともない。その代わり水のありようが気になる。故里の家の池や、お滝の水、私の中にある小さな旗のような水。それらは光っていないし蒼く透明度が低い。あるいは深い藍色の水だ。コロナ禍の数年があって、自分に向かってくる鏃のようなものを感じている。

父と母を悲しませ死に目に会えなかった。母親として私は思慮があったのか。歳を加えることは成熟ではなかった。近江の家は行って泣くところではないが、今も故里は私の礎である。夫や子供たち家族は、メリーゴーランドのように私に夢をくれる。それでも、別の識閾で私はさみしくて短歌があることで生きていられる。

帯を書いてくださいました吉川宏志主宰をはじめ、短歌で出会うことができたすべての方に心からお礼を申し上げます。

角川『短歌』の北田智広編集長、担当の吉田光宏様、装幀の小島真樹様には、歌集出版でたいへんお世話になり、ありがとうございました。

二〇二四年　暑いけれど空の美しい日に

北神照美

著者略歴

北神照美（きたがみ　てるみ）

1948年　滋賀県近江八幡市生まれ

1971年　京都大学薬学部卒業

1996年　「潮音」入会（2004年まで）

2002年　第一歌集『綾藺笠』（雁書館）刊行、潮音新人賞

2005年　「塔」入会、第二歌集『蒼き水の匂ひ』（本阿弥書店）刊行

2012年　第三歌集『カッパドキアのかぼちゃ畑に』（角川書店）刊行

2018年　第四歌集『ひかる水』（短歌研究社）刊行

日本歌人クラブ南関東ブロック優良歌集賞

日本詩歌句随筆評論大賞短歌部門大賞

現代歌人協会会員、日本歌人クラブ会員（現在南関東ブロック長）、

現代短歌舟の会編集委員

現住所　〒261－0013

千葉市美浜区打瀬2－6　パティオス4番街602

歌集　水《みづ》の旗《はた》

塔21世紀叢書第453篇

初版発行　2024年10月23日

著　者　北神照美
発行者　石川一郎
発　行　公益財団法人　角川文化振興財団
〒359-0023　埼玉県所沢市東所沢和田3-31-3
ところざわサクラタウン　角川武蔵野ミュージアム
電話 050-1742-0634
https://www.kadokawa-zaidan.or.jp/
発　売　株式会社　KADOKAWA
〒102-8177　東京都千代田区富士見2-13-3
電話 0570-002-301（ナビダイヤル）
https://www.kadokawa.co.jp/
印刷製本　中央精版印刷株式会社

 ISBN978-4-04-884624-0　C0092